綠野仙蹤

奇幻物語

6

稻草人與拼布姑娘

目錄

角色介紹

桃樂絲

活潑好動的小女孩，與叔叔嬸嬸同住，經常意外來到奧茲國，展開奇妙的旅程。

托托

桃樂絲的小狗，活潑可愛，發現奧茲國大部分動物都能說話，但牠依然只能汪汪叫。

稻草人

呆頭呆腦，因為腦袋裡裝的是草，但自從得到奧茲大法師給予的腦袋後，自覺聰明了不少。

鐵皮人

本來是個年輕樵夫，卻被壞女巫變成了一個鐵皮人，連心也變成了一塊鐵。不過奧茲大法師給他一顆心之後，他自覺回復了豐富的情感。

膽小獅

雖然是獅子，卻十分膽小，因為習慣了其他動物都會迴避獅子，所以牠不懂得處理困境。牠喝了奧茲大法師的「勇氣之泉」後，曾英勇過一陣子，但很快又感到藥力消散，回復原狀。

奧祖

自覺運氣很差的小男孩，經常遇到倒霉事，自稱有一個話很少的叔叔，叫納奇。

皮皮博士

傑出的魔法師，他精心製作的生命魔粉和石化魔水，能使死物變活和能令任何東西變成石頭。有一位太太，叫瑪格麗特。

邋遢鬼

不修邊幅、邋邋遢遢的男人，但因為擁有愛心磁石而很惹別人喜愛，夢想是成為偉大的旅行家，為此成為偉大的旅行家，泉人的隻情。

拼布姑娘

皮皮博士的夫人瑪格麗特所做的拼布娃娃，以生命魔粉變活後，成為了異常活潑的拼布姑娘。

玻璃貓

由玻璃擺設變活過來，是生命魔粉的第一個實驗品，但因為怕摔碎而不願意抓老鼠，皮皮夫婦對此頗有微言。

烏茲

十分罕見的古怪動物，身體像積木，尾巴尖上有三根毛，喜歡吃蜜蜂，憤怒時雙眼會噴火。

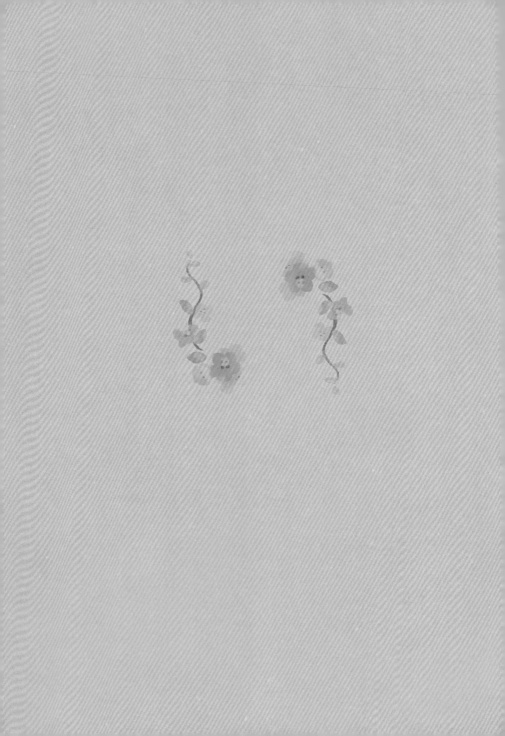

失去活力的稻草人

桃樂絲與叔叔嬸嬸搬到翡翠城居住後，生活十分愉快。亨利叔叔和艾姆嬸嬸對奧茲國的一切仍充滿好奇，天天發掘生活上的趣味。

今天，在奧茲瑪女王的批准下，亨利叔叔騎著膽小獅，艾姆嬸嬸則騎飢餓虎，在皇宮外的大花園，與騎著鋸木馬的稻草人玩耍。

「稻草人，我們繞著皇宮賽跑一圈，看誰最快！」亨利叔叔躍躍欲試地說。

艾姆嬸嬸加上條件：「只是比快太單調了。我提議一邊賽跑，一邊找出完全熟透的果子，摘下來，送到廚房去，看誰摘得最多最好！」

「好啊！三、二、一，開始！」亨利叔叔一馬

當先，騎著膽小獅向前衝。

艾姆嬸嬸反應也不慢，立刻騎著飢餓虎追了上去。

稻草人則騎著鋸木馬，跟在後面，看到亨利叔叔和艾姆嬸嬸比賽時打情罵俏、成雙成對的樣子，稻草人心中莫名有種若有所失的感覺。

鋸木馬比賽得很投入，拚命追上了膽小獅和飢餓虎，可是稻草人卻悶悶不樂、心不在焉的樣子，根本沒有認真去摘果子。

他們繞了皇宮一圈後，以皇宮的廚房作終點，直奔進去。

這時桃樂絲剛好來到廚房門口，想偷看今天的午餐是什麼，卻突然見到亨利叔叔、艾姆嬸嬸和稻草人各騎著坐騎，衝到她的面前停下。

她大驚道：「我只是來看一眼而已，不用這麼大陣仗吧？」

叔叔嬸嬸率先跳下來，各抱著一布袋的果子，爭相對桃樂絲說：「桃樂絲，你來做評判，看看我們誰摘的果子最熟最多。」

「原來你們在比賽嗎？」桃樂絲鬆了一口氣。

艾姆嬸嬸把稻草人懷裡的布袋也拿了過來，交給桃樂絲點算，「還有稻草人的，他也跟我們一起比賽。」

桃樂絲認真地檢視，發現叔叔和嬸嬸所摘的果子都又大又紅，數量也不相伯仲。可是一看稻草人的布袋，裡面真是包羅萬有，除了一兩個未熟的果子之外，還有一堆樹葉、枯枝，甚至幾條蟲子。

艾姆立即不滿道：「稻草人，你沒聽清楚比賽規則嗎？」

只見稻草人下馬後，一直站著發呆，迷迷糊糊地回應：「有啊，我看到香蕉和梨子都熟了，所以摘下來。」

大家往他的布袋看去，哪裡有香蕉和梨子？不禁面面相覷。亨利叔叔在桃樂絲的耳邊小聲說：「我發現稻草人最近有點問題，經常悶悶不樂的樣子。」

艾姆嬸嬸也低聲道：「對啊，一起玩的時候，他很不投入，心不在焉，而且毫無活力。」

桃樂絲觀察了一下稻草人，覺得他的神態確實有點呆滯，心想：「難道他的腦子有毛病？」於是立即帶稻草人去找奧茲大法師，看看是否大法

師給稻草人做的腦子出了問題。

　　大法師為稻草人的腦子檢查過後，認為沒有問題，「我當初雖然是個濫竽充數的法師，但後來跟好女巫葛琳達學了魔法之後，已經不可同日而語。我為稻草人的大腦作過多次改良，絕對可靠，沒有毛病！」

　　桃樂絲和稻草人離開時，鋸木馬正在小花園裡蹦蹦跳跳，追著一隻蝴蝶。這令桃樂絲感到十分疑惑：稻草人和鋸木馬都是從死物變活的，為什麼兩者的活力天差地別？

　　她攔住正在撲蝶的鋸木馬，問：「鋸木馬，他們說你是給一種生命魔粉變活的，對嗎？」

　　鋸木馬回答道：「對啊，

是奧茲瑪用生命魔粉把我變活的。」

然後桃樂絲轉向稻草人，問：「那麼你呢？你是怎麼變活的？我在玉米田遇到你的時候，你已經有生命，能說話。」

稻草人呆呆地搖著頭，「我也不知道，忽然有一天，我發覺自己能說話。」

桃樂絲想了一想，「可能你在機緣巧合的情況下，也沾上了一些生命魔粉。」

「也許吧。」稻草人平淡地說。

「我有辦法令你回復活力，我們去找奧茲瑪！」桃樂絲靈機一動，立即帶著稻草人去找奧茲瑪。

原來桃樂絲認為稻草人失去活力的原因，是因為當初沾到的生命魔粉不夠多，效力漸漸消失。所以她打算向奧茲瑪女王借用生命魔粉，灑在稻

草人身上，補充活力，回復以前的風采。

可是奧茲瑪告訴她：「當日那些生命魔粉，是老女巫蒙比從魔法師皮皮博士那裡偷來的，早就用完了。」

「生命魔粉是皮皮博士製造的？」桃樂絲問。

奧茲瑪點頭，「對。」

「那也簡單，皮皮博士住在哪裡？我去向他借就行。」桃樂絲說。

「我也不知道，但可以用魔圖幫你看看。」奧茲瑪於是帶桃樂絲和稻草人去看魔圖。

奧茲瑪站在魔圖前說：「我想看看皮皮博士。」

魔圖立即顯現出皮皮博士的住所內，一個身體快要扭曲的男人，雙手雙腳正同時攪拌著四壺東西，似在製作什麼厲害的法寶。

　「這個就是皮皮博士嗎？難道他正在製作生命魔粉？」桃樂絲問。

　奧茲瑪點著頭，「嗯，看來是。而根據魔圖所示，他住在東面的城邦——蠻支金國。」

桃樂絲興奮地望向稻草人：「我們可以去找他，向他借生命魔粉，灑在你的身上！」

可是稻草人垂著頭，轉身離開，「我不想去。」

奧茲瑪愣了一愣，「稻草人真的有點失常啊。」

「是的，所以我要儘快幫他恢復過來，請你馬上把我送到皮皮博士的家，把魔粉借回來。可以嗎？」桃樂絲請求道。

「當然可以。」奧茲瑪女王於是請來奧茲大法師，大法師先用魔法大氣泡包住了桃樂絲，然後奧茲瑪用魔法腰帶的法力，使氣泡朝東面的蠻支金國飄去，前往皮皮博士的住所。

倒霉鬼奧祖

　　魔法大氣泡送桃樂絲前往皮皮博士住所的途中，一隻烏鴉突然好奇地飛過來，桃樂絲揮手和牠打招呼：「你好啊，烏鴉小姐。」

　　烏鴉小姐也和桃樂絲打招呼，但牠打招呼的方式比較特別，飛到氣泡前，點了兩下頭，結果嘴巴把氣泡啄破了。

　　「哇！」氣泡破裂，桃樂絲驚呼，直掉落森林裡。

　　這時，森林裡正好有兩個人在趕路，他們是兩叔侄——小男孩奧祖和他的叔叔納奇。

　　奧祖看到一團東西從天空直掉下來，驚愕道：「叔叔，你看到嗎？前面有一隻大鳥掉下來，難道我的霉運已經影響到天上的鳥兒？」

　　「別。」納奇叔叔一向話很少，因此有人還戲稱他是啞子。他此刻說了一個「別」字，意思其實是叫奧祖「別胡說」，他的話恐怕只有奧祖聽得懂。

　　兩叔侄連忙走上前去，看看那「大鳥」的傷勢。

　　幸好一層層茂密的樹葉卸去了下墜力，當「大鳥」掉在地上時，撞擊力已經減弱了許多，而奧祖亦發現，原來那不是鳥，而竟然是一個人！

　　「你沒事吧？怎麼會從半空掉下來？」奧祖緊

張地問。

「真倒霉啊!」桃樂絲站起來,拍去身上的樹葉和雜草,「我本來乘魔法氣泡去一個地方,沒想到突然飛來一隻烏鴉,把氣泡啄破了。你們好,我叫桃樂絲。」

「你好，我是奧祖，他是我的叔叔納奇。」奧祖介紹道。

納奇叔叔依然只説一個字：「好。」

桃樂絲看看四周，身處森林之中，著急起來，「糟糕，中途掉了下來，我不知道那地方該怎麼去！」

她望向奧祖和納奇，問：「你們是不是很熟悉這裡的路？」

納奇叔叔説：「是。」

「那太好了！」

桃樂絲很高興，正想問路之際，奧祖卻快一步説：「你想向我們問路嗎？我勸你別問。」

「為什麼？」桃樂絲很詫

異。

奧祖解釋道:「因為我是倒霉鬼奧祖,若為你指路,可能會倒霉指錯;就算指對了,你也可能會倒霉走錯;反正我的霉運會影響到你。」

「怎麼可能呢?」桃樂絲不相信。

奧祖垂著頭,苦笑道:「你剛才不是說倒霉遇到了烏鴉,所以掉下來嗎?」

「我……好像是這樣說。」

「那一定是你剛好從我頭頂飄過,我的霉氣影響到你,所以你就倒霉掉下來了。」奧祖的聲線愈說愈低沉。

「哈哈……」桃樂絲尷尬地打哈哈道:「你想得太多了,我掉下來,當然與你無關。」

「對。」納奇叔叔也說一個字來安慰奧祖。

可是奧祖依然意志消沉，告訴桃樂絲：「是真的。我和納奇叔叔同住，我們家裡的玉米田，就是被烏鴉吃光了，如今要捱餓，你說倒不倒霉？」

桃樂絲安慰他：「這不叫倒霉，你只是沒有使用稻草人去阻嚇烏鴉而已。」

但奧祖又説：「還有，我們住的木屋子，突然遇到暴風，給吹歪了，搖搖欲墜，不能再居住。」

桃樂絲鼓勵他：「更嚴重的情況我也遇過呢，那天我在堪薩斯的屋子裡，忽然遇到龍捲風，連人帶屋把我捲走，最後竟來到了奧茲國。但是塞翁失馬，焉知非福？我在奧茲國認識了許多新朋友，更獲得奧茲瑪女王冊封為奧茲國公主。所以，你要往樂觀的方向想啊。」

「原來你是奧茲國的公主啊。」奧祖很意外，

但馬上又嘆了一口氣,「那麼你比我幸運得多了。
你靠自己的運氣,應該能找到路的,我實在不想
連累你。」

奧祖說完便與叔叔繼續走,桃樂絲擔心他們
又餓又無家可歸,關心地問:「那麼,你們打算去
哪裡?」

「友。」納奇說。

奧祖解釋道:「我們去找納奇叔叔的一位朋友
幫忙,他製作的生命魔粉,或許能令玉米重新快
速生長;而叔叔說他朋友還有一種石化魔水,
可以令木房子變成石房子,那麼我們的房子
就不再怕被風吹歪了。」

桃樂絲一聽他這麼說,大喜
過望,雀躍得跳起來,「那

個人不就是皮皮博士嗎？」

奧祖驚訝問桃樂絲：「你怎麼會知道？」

「我要去的地方，正好就是皮皮博士的家！」

「真巧啊！」奧祖感到難以置信。

「你看！這證明你並不是什麼倒霉鬼，你簡直是我的幸運星呢！」桃樂絲興奮道：「幸運星，我可以跟著你們，一起去找皮皮博士嗎？」

「你不怕倒霉的話，就跟著來吧。」奧祖說。

「我不怕。」桃樂絲便跟著他們兩叔侄一起上路，並把自己要找皮皮博士的原因，給他們說了一遍。

走了大約一小時的路，他們終於到達皮皮博士的家。那是一座圓圓的藍色大房子，藍色是蠻支金國的標誌顏色。房子的四周是一個美麗的花

園，長滿了各種花草樹木和水果，而且一看就知道是用魔法藥水種出來的，因為有些樹上結滿了好吃的食物，包括麵包、蛋糕、泡芙、餅乾，甚至糖果等等。

　　納奇叔叔去敲門，一個笑容滿面的胖女人馬上來應門。

　　「嗨！」納奇揮手打招呼。

　　那女人一看到納奇，十分驚喜，「噢，是你啊，納奇，很久不見了。」

　　奧祖接著說：「阿姨你好，你一定是皮皮博士的夫人瑪格麗特了。我叫奧祖，是納奇叔叔的侄兒。這位是奧茲國公主。」

　　「你好，我也是來找皮皮博士的。」桃樂絲有禮地說。

　　「歡迎歡迎，請進來。」瑪格麗特笑臉盈盈地邀請他們進屋內，而且順便從花園裡摘了不少美食，非常熱情地款待他們。

　　就在大家有說有笑，寒暄了幾句，準備進入

正題的時候，突然傳來一個男人的呼救聲：「不行了！不行了！快來幫忙啊！瑪格麗特！」

第3章
嚴重意外

呼救的人是皮皮博士，瑪格麗特慌忙跑去一個房間，那是皮皮博士的工作室。

奧祖兩叔侄和桃樂絲也跟著瑪格麗特，走進那工作室，看到一個火爐在熊熊燃燒著，上面放了四壺液體在加熱，全都冒著氣泡。在火爐前面，一個男人雙腳綁上了大木勺，雙手雙腳同時攪拌著那四壺液體，弄得自己身體都扭曲了，快要支持不住的樣子，這情景和桃樂絲在魔圖裡看到的一樣，她知道這個人就是皮皮博士。

「我來幫你！」瑪格麗特一看到丈夫的情況，連忙上前把皮皮博士手中的木勺子接過來，替他攪拌。

　　而桃樂絲、奧祖和納奇叔叔都馬上去幫忙，

各人接過了一根大木勺，一起替他繼續攪拌，四

個人剛好攪拌著四壺液體。

　　「終於可以歇息一下了！」皮皮博士吁了一口

氣，舒展著筋骨，看清楚其中一個幫他的人是納

奇，喜出望外道：「納奇，好久不見了，你來找我

敘舊啊？」

「對。」納奇說。

皮皮博士望著奧祖，「這個可愛的小男孩，一定是你的侄兒，叫⋯⋯奧祖！對嗎？」

納奇又說：「對。」

然後皮皮博士的目光落到桃樂絲身上，皺起了眉，疑惑道：「我只知道你有一個侄兒，卻不知道還有侄女呢⋯⋯」

桃樂絲馬上自我介紹：「皮皮博士你好，我叫桃樂絲，特意前來找你，全靠他們為我帶路的。」

「找我？找我有什麼事？」皮皮博士問。

桃樂絲一邊攪拌著液體，一邊回答：「我想向你借用一點生命魔粉。」

奧祖亦連忙說：「我和叔叔也想向你借生命魔粉。」

「呵呵，你們都知道我這些生命魔粉的厲害？」皮皮博士洋洋得意。

「當然知道！」桃樂絲說：「我見識過了，奧茲瑪女王有一隻鋸木馬，是用你的魔粉賜予生命的，真是太神奇了！」

奧祖一貫沮喪的臉容，「我卻沒有那麼幸運，我沒有見過，都是聽我叔叔說的。」

「不必沮喪，我現在就給你們見識一下，看到那玻璃貓嗎？」皮皮博士指著小櫃子上的一個玻璃貓擺設。

桃樂絲和奧祖都點頭表示看到。

皮皮博士笑了一笑，走到那玻璃貓旁邊，把它當作真貓一樣，伸手去摸它的下巴，它竟然動起來，舒服地伸了一個懶腰，還會說話：「誰打擾

我睡覺？」

桃樂絲和奧祖都吃了一驚，「這玻璃貓……是活的？」

「呵呵。」皮皮博士神氣地解釋：「牠就是生命魔粉的成果。當年第一批生命魔粉做好了之後，我和瑪格麗特立即拿家裡的玻璃貓擺設來試試，

將魔粉灑上去，效果非常理想，玻璃貓真的變活了！我簡直是個天才！」

奧祖第一次親眼看見生命魔粉的威力，嘖嘖稱奇，「太厲害了！竟能把死物變成生物！」

瑪格麗特卻埋怨道：「可是一點用處也沒有，玻璃貓不願意抓老鼠，因為怕自己的身體容易摔碎！」

桃樂絲隨即說：「你們可以再用魔粉變活其他東西啊。」

只見皮皮博士嘆了一口氣，「我們當時也是這麼想，用玻璃貓測試過生命魔粉的成效後，我和瑪格麗特立即想到用生命魔粉變活不用吃、不用喝、不用拉，又不怕摔的布貓、木貓、鐵貓等等來抓老鼠，可是……餘下的魔粉卻被那個狡猾的

老女巫蒙比騙走了！」

桃樂絲同情地點了點頭，「我也聽奧茲瑪女王說過。」

「上次製作的生命魔粉，就只變活了一隻玻璃貓而已，真是浪費。」瑪格麗特說這句話的時候，玻璃貓正小心翼翼地沿著梯子從小櫃爬下來。

皮皮博士接著說：「所以，這次製作的生命魔粉，我一定要好好珍惜和善用。你們想用魔粉來做什麼？我要看看用途有沒有意義，才決定是否借給你們！」

桃樂絲和奧祖於是說出借用生命魔粉的目的，奧祖還提出想一併借用石化魔水，將他和叔叔所住的木屋變成石屋，不再怕被風吹歪。

皮皮博士聽了之後，點了點頭，「嗯，你們的

理由也很充分，我就答應借給你們一點點吧，你們要知道，一點點已經非常夠用了。」

「謝謝！」兩人連聲道謝。

桃樂絲出於好奇，反問皮皮博士：「那麼，這次你打算用生命魔粉做什麼？」

皮皮博士笑了笑，望向瑪格麗特，「我全聽太太的，她想做什麼就做什麼，要不要看看她的心血結晶？」

「好啊！」桃樂絲興奮道。

「瑪格麗特，你帶他們去看吧。」皮皮博士把瑪格麗特及其餘三人手中的木勺子接回來，「我休息足夠了，謝謝你們。調製生命魔粉的藥水不能停止攪拌，剛才我差點支持不住，幸好你們及時來幫忙，現在我又可以繼續攪拌了，而且魔粉也

快將製成，就讓我來完成它吧！」

皮皮博士於是將其中兩根木勺子綁回腳上，雙手雙腳又繼續攪拌那四壺魔法藥水。

瑪格麗特帶其餘的人到飯廳去，奧祖看到餐桌上平放著一個和真人一樣大的娃娃，好奇地問：「這是什麼？」

瑪格麗特自鳴得意，「這就是我準備用生命魔粉變活的東西，是我用一張拼布被子改造而成的。將這個拼布娃娃變活了之後，就可以充當女僕人幫忙幹活，比貓咪還實用呢。」

瑪格麗特說這句話的時候，玻璃貓跳上了餐桌，十分不屑地瞄了拼布娃娃一眼，「哼，全身用五顏六色的破布拼拼貼貼而成，太低級了，怎能拿來和晶瑩剔透的我作比較？」

　　桃樂絲卻從頭到腳欣賞著拼布娃娃，讚嘆道：「很精美的娃娃啊，好像比我還要高呢。」

　　話不多的納奇也點頭認同，「對！」

　　就在他們圍觀著拼布娃娃的時候，突然又傳來皮皮博士興奮的聲音：「做好了！做好了！生命魔粉終於做好了！」

　　皮皮博士雙手捧著一瓶藥粉跑過來，瑪格麗特很激動，「等了那麼久，你終於做好了，快用在拼布娃娃身上！」

　　大家都屏息以待，看著皮皮博士將一點點生命魔粉灑在拼布娃娃身上，拼布娃娃的身體便開始抖動起來，愈來愈強烈，更忽然舉起了一隻手臂，不小心撞翻了皮皮博士手中的瓶子，瓶裡的生命魔粉全倒在拼布娃娃身上。

拼布娃娃登時變得更活躍，一下跳起站在餐桌上，嚇了大家一跳。

「哇！」桃樂絲和奧祖及時接住了從餐桌上掉下來的玻璃貓。

可是納奇叔叔和瑪格麗特卻被拼布娃娃的動作嚇得後退了幾步，撞到一個架子，架子上的一瓶液體應聲倒下，濺在兩人身上，令納奇叔叔和瑪格麗特變成了兩座石像！

「瑪格麗特！我害了你！」皮皮博士看到自己
妻子變成了石像，疾撲過去抱著她，悲痛欲絕地
喊叫。

「納奇叔叔！」奧祖亦非常傷心，緊抱著他的叔叔，原本已經話不多的納奇叔叔，如今變成了石像，不但一個字也說不出來，甚至連動也不能動了。

桃樂絲看到了這個情形，驚駭得目瞪口呆，「這……就是石化魔水的威力嗎？」

奧祖又埋怨自己：「我果然是個倒霉鬼，生命魔粉和石化魔水都倒光了，不但空手而回，還造成了這樣的悲劇。我的叔叔啊！」

拼布娃娃卻充滿好奇心，四處亂轉，碰碰這又摸摸那，她看到大家如此悲傷，便走過來安慰道：「別擔心，你看我，布娃娃也可以變活，石像為什麼不可以呢？」

她這句話令桃樂絲靈光一閃，「對啊！你真聰

明！皮皮博士，你立刻再做一些生命魔粉，就可以把他們兩個石人變活過來了！」

但皮皮博士苦著臉說：「你們知道製作生命魔粉要多久嗎？」

「要多久？」桃樂絲和拼布娃娃齊聲問。

皮皮博士搖著頭，沒有回答，玻璃貓從桃樂絲的懷中跳到地上，說：「算起來，我已經活了六年。」

「六年？」桃樂絲很訝異。原來製作生命魔粉需時六年！

「納奇叔叔最少要等六年才可以活過來嗎？真倒霉……」奧祖感到絕望。

「你們要積極一點，一定有解決辦法的！」拼布娃娃非常活躍，從一個個架子上，取下一瓶瓶的魔法藥水，好奇地搖了搖，然後灑在石像上。

她的舉動嚇得皮皮博士大叫：「哇！你別亂用我的魔法藥水！」

皮皮博士慌忙去制止她，但她不斷閃避，繼續拿各種魔法藥水亂灑一通，還說：「不多作嘗試，怎麼知道哪一瓶藥水能幫助他們回復過來呢？」

皮皮博士一邊和她追逐著，一邊抱怨道：「一定是因為生命魔粉灑過量了，把你弄得過度活躍。」

玻璃貓立即高傲地說：「現在終於知道我的好了？還埋怨我不抓老鼠，這個拼布娃娃只會給你們添亂呢！」

「拼布娃娃？這是我的名字嗎？但我已經不是娃娃了，我是一個活的人，應該叫我⋯⋯拼布⋯⋯姑娘！」

「拼布姑娘說得也有道理。皮皮博士，你會不會有什麼解藥，可以消除石化魔水的法力？」桃樂絲問。

她一語驚醒夢中人，皮皮博士立即停下來，想了一想，說：「石化魔水也不是沒有解藥配方的，只不過……材料非常難找，需要一株六片葉子的三葉草、黃色蝴蝶的左翅膀、黑暗之井的井水、

烏茲尾巴尖上的三根毛和活人身上的一滴油。」

「這些材料聽起來都很古怪，烏茲是什麼？」桃樂絲問。

皮皮博士抓了一下頭，「我也不清楚，只知道烏茲是一種動物，但從來沒見過。」

這時拼布姑娘對那一瓶瓶魔法藥水的興趣已消退，想去和玻璃貓玩，可是玻璃貓怕了她，躲了起來，拼布姑娘到處搜尋，像玩捉迷藏一樣。

奧祖聽到皮皮博士說石化魔水有解藥配方，立即問：「是不是找到那些材料，納奇叔叔就可以回復原來的樣子？」

皮皮博士點頭道：「是。只要集齊那些材料，我就可以製作解藥，而且不用花六年那麼久，六個小時已足夠了。」

「那我立刻去把那些材料找回來！」奧祖轉身就想出發。

「等等！」桃樂絲叫住他，「我也和你一起去！」

拼布姑娘找了半天也找不到的玻璃貓，一聽到桃樂絲和奧祖要出發去尋找材料，立即從櫃子後面的縫隙跳了出來，著急道：「我也要去！困在這屋子裡六年，快把我無聊死了！」

皮皮博士嘆了一聲，點頭同意，「去吧，反正你留下來也沒有用處。」

拼布姑娘有樣學樣地喊叫：「我也要去！困在這屋子裡六分鐘，快把我無聊死了！」

但皮皮博士的回應卻全然不同：「不行，你要留下來幫忙。我和瑪格麗特將你變活，就是要你當僕人，幫忙幹活的！」

當大家以為拼布姑娘一定會抗議，誓死也要去玩之際，沒想到她居然十分服從地說：「好吧，我就留下來幫忙。」

皮皮博士欣慰道：「果然比玻璃貓聽話和有用很多。」

「你不和我們一起去尋找材料嗎？」桃樂絲問皮皮博士。

「我要留下來保護石像，同時立刻開始製作生命魔粉，因為萬一那些解藥材料找不到，就只剩下這個方法把瑪格麗特和納奇變活過來了。」

大家都同意皮皮博士的安排，於是分頭行動。桃樂絲、奧祖和玻璃貓一起出發尋找那些古怪的解藥材料，而皮皮博士和拼布姑娘則留下來，保護石像，並製作生命魔粉。

　　一離開皮皮博士的屋子，桃樂絲和奧祖便開始仔細觀察四周，留意有沒有六片葉子的三葉草和黃色的蝴蝶，這是配方中比較容易理解的東西。而玻璃貓卻只顧遊覽風景，當作來旅遊。

　　走了沒多久，桃樂絲和奧祖餓了，停下來休息，想吃點東西的時候，才發現他們根本忘記了帶食物出行！

　　桃樂絲拍了一下自己的頭，自責道：「我真大意啊！居然忘記帶食物！」

　　奧祖沉鬱道：「不是你大意，是我的霉運又影響到大家了……」

　　玻璃貓卻一副事不關己的模樣，「幸好我全身都是晶瑩剔透的水晶，根本不用吃東西。」

但就在這個時候,他們背後突然傳來一把聲音:「桃樂絲、奧祖、玻璃貓,等等我啊!」

他們認得那是拼布姑娘的聲音，回頭一看，果然是她，正挽著一個籃子飛奔而來。

當她趕到來時，桃樂絲驚奇地問：「你不是留下來幫助皮皮博士嗎？怎麼又來了？」

拼布姑娘解釋道：「都是我不好，笨手笨腳，打翻了不少魔法藥水，所以博士不用我幫忙了，反倒叫我帶這一籃子應用的東西來給你們。」

桃樂絲把那個籃子接過來，但奧祖還是顯得很沮喪，悲觀道：「笨手笨腳的布娃娃、容易摔碎的玻璃貓、不認得路的女孩，再加上我這個一直倒霉的人，這樣的組合，能找到那些材料的機會可謂十分渺茫。」

但桃樂絲望著眼前這個聰明活潑的拼布姑娘，不禁質疑道：「你一點也不像笨手笨腳啊，該不

會……是你故意打翻魔法藥水，使皮皮博士把你趕出來吧？」

拼布姑娘笑而不答，馬上轉話題：「你還不快看看籃子裡有什麼？皮皮博士說，裡面有永遠吃不完的芝士麵包，還有一疊各種用途的魔符。」

桃樂絲檢查了一下籃子裡的東西，果然如拼布姑娘所說，有一個芝士麵包和一疊魔符。她立刻拿起芝士麵包，掰了一塊給奧祖，說：「你看，我們一肚餓，就有拼布姑娘給我們送來食物，你不要再說自己倒霉了。」

這時候，桃樂絲看到不遠處有一條鋪了黃色磚塊的路，立時自信十足地說：「還有，別說我認不到路，我是從翡翠城來的，就讓我帶你們到翡翠城去，找我那些朋友幫忙，一定能集齊所需的材料！」

小心烏茲

　　桃樂絲知道黃磚路是通向翡翠城的，她第一次被龍捲風吹到奧茲國來的時候，就是沿著黃磚路前往翡翠城。

　　現在她帶著奧祖、玻璃貓和拼布姑娘，走上黃磚路，到翡翠城去。

　　奧祖吃了一口皮皮博士的芝士麵包，驚喜道：「好吃啊！」

　　「真的嗎？我也嚐嚐。」桃樂絲正想掰一塊給自己時，發現芝士麵包剛才被掰去一塊後，好像會自己生長一樣，轉眼已經長回了原來的大小，桃樂絲不禁讚嘆：「太神奇了！它會自行長回原來的模樣，怪不得皮皮博士說永遠吃不完！」

　　她掰了一塊給自己吃，同樣大呼美味，並問玻璃貓和拼布姑娘：「你們真的不吃嗎？非常美味啊！」

　　玻璃貓卻嫌棄道：「當然不吃。我是光亮無瑕的水晶，若肚子裡有食物，多難看啊！反正水晶不用吃東西。」

　　拼布姑娘忍不住笑道：「哈哈，什麼水晶，大家都叫你玻璃貓，你分明就是易碎的玻璃而已。」

　　玻璃貓怒不可遏，還擊道：「你以為自己很高貴嗎？你原身只是一張破被子，由一堆碎布頭拼湊出來的，我還在那張被子上面睡過覺呢！」

　　桃樂絲和奧祖吃著美味的食物上路，拼布姑娘和玻璃貓則邊走邊吵，一路上總算熱鬧。

　　他們沿著黃磚路走入一個森林，沒多久就發

現了一個欄柵，上面竟然寫著「小心烏茲」這句警告語。

桃樂絲大喜過望，立即指給奧祖看，「你看看我們多幸運，竟然這麼容易就找到了烏茲！」

奧祖看到了，也很驚訝，但不敢開心得太早，仔細看了一下欄柵，馬上又垂頭喪氣，沉聲道：「你們留意到嗎？這個欄柵是沒有門的。」

「沒有門不是更好玩嗎？我們可以翻進去！」拼布姑娘十分興奮，已經躍躍欲試去攀爬欄柵了。

奧祖始終不信自己運氣好，慌忙勸道：「等等啊！這頭烏茲一定是非常凶猛可怕的動物，所以才會被人關在欄柵內，還張貼了警告。」

但話音剛落，拼布姑娘已經翻進去了，而且一點聲響也沒有，大家不禁有點擔心，桃樂絲連

忙問：「拼布姑娘，裡面怎麼樣？你沒事吧？」

「我沒事，我看到烏茲了！」拼布姑娘的聲音從欄柵內傳出來。

大家都愣了一愣，奧祖緊張地問：「牠是怎麼樣的？凶惡嗎？」

「一點也不凶惡，像積木一樣。」拼布姑娘說。

「積木？」大家都感到莫名其妙。

拼布姑娘催促道：「你們自己翻進來看看吧，很安全，不用怕！」

桃樂絲於是也爬進欄柵去，奧祖戰戰兢兢地跟著爬。玻璃貓怕摔倒，則從欄柵下的空隙鑽了進去。

他們都進了欄柵內，看到拼布姑娘，拼布姑娘向前一

指，低聲說：「那應該就是烏茲了，好像在睡覺。」

　　他們躡手躡腳走過去，看到那動物頭部、身體、四肢都是方形的，果然像積木一樣；尾巴尖上有毛，但真的就只有三根。

　　拼布姑娘大著膽子，想走近看看那些毛之際，烏茲突然動了起來，霍地站起，嚇了他們一大跳，「哇！」

　　烏茲側著正方形的頭，呆呆地望著桃樂絲他們，問：「你們是誰？也是被附近的村民抓起來，關在這裡的嗎？」

　　桃樂絲沒有直接回答，先反問：「所以……你是烏茲？你為什麼會

被村民關在這裡？」

烏茲輕描淡寫道：「都是我不好，他們責怪我每天吃掉過百條生命，所以就把我關起來。」

大家聽到了，全身頓時僵住，緩緩地轉身，正準備爬欄柵逃出去之際，烏茲突然說：「唉，真懷念以前天天有蜜蜂吃的日子。對了，現在的蜜蜂，味道和以前的一樣嗎？我很久沒吃了。」

「蜜蜂？」他們立時停住了動作，身體轉回來，桃樂絲問：「你說你吃掉過百條生命，指的是蜜蜂？」

「是啊。難道你們不是因為吃了太多蜜蜂而被關進來的？」烏茲露出錯愕的神情，「我很驚訝，世界上還有什麼東西會比蜜蜂好吃？」

「當然有啊！」桃樂絲拿出皮皮博士給他們的

芝士麵包，告訴烏茲：「我們一路上吃這個，非常美味。」

「真的？可是它不會動。」烏茲半信半疑地望著那個芝士麵包。

「你想吃動的？那太容易了！」拼布姑娘從桃樂絲手中的麵包掰下一塊，拋了過去。

烏茲看到那一小塊麵包在面前劃過，就像蜜蜂飛過一樣，牠立時變得相當興奮，張口一撲，就把那麵包吃了，然後「嗝」地一聲，驚喜道：「好吃啊！再來！」

拼布姑娘於是又掰了一塊拋給牠，牠同樣當作吃蜜蜂般，一口吃下，又說：「再來！再來！」

幸好那是個永遠吃不完的芝士麵包，拼布姑娘、桃樂絲和奧祖都合力不斷地掰下麵包拋給烏

茲，吃了超過一百塊，烏茲才打了一個大大的飽嗝，吃飽了，不能再吃。

「果然好吃！」烏茲仍回味著。

桃樂絲趁機勸導牠：「那麼你以後別吃蜜蜂了，蜜蜂對我們有很多益處呢，不僅能傳播花粉、釀造蜂蜜，還是生態系統中不可或缺的重要元素。這是我從書本裡學到的。」

「吃過你們的麵包，我已經沒有興趣再吃蜜蜂了，可以把這個神奇的麵包送給我嗎？」

「可是我們還要上路，路上仍要靠這個麵包充飢。不過，這個麵包是永遠吃不完的，我們可以盡量掰下一大堆給你以後慢慢吃。」桃樂絲說。

「太好了！你們想要什麼作報酬？雖然我什麼也沒有。」

「我們……想要……」奧祖把握機會，卻又不敢開口，拼布姑娘幫他說：「想要你尾巴上的三根毛。」

烏茲呆了一呆，問：「要來幹什麼？」

桃樂絲於是把他們要收集材料製作解藥的事告訴牠，牠隨即慷慨道：「你們真走運，我就只有尾巴上那三根毛可以給你們，其他什麼都沒有了。」

「你真的願意給我們？」奧祖很驚喜，開始相信自己不是倒霉鬼了。

「當然。你們去拔吧，隨便拿去。」烏茲說。

桃樂絲讚美牠：「你的性格真和善。」

烏茲卻煞有介事地說：「但是我發怒的時候，眼睛會噴火！」

　　打從烏茲答應讓他們拔走那三根毛，拼布姑娘已經第一時間來到牠的屁股後面，想把毛拔下來，可是她怎麼拔也不成功，「拔不到，快來幫忙！」

　　桃樂絲和奧祖馬上走過去，三人合力去拔，也是徒勞無功，奧祖又回復沮喪的模樣。

　　「拔不到嗎？不要緊。我跟你們一起上路，你們提到的那個皮皮博士，他一定知道怎麼把毛拔

出來！」烏茲流著口水，「而我就可以一直吃新鮮掰下來的芝士麵包了。」

「你願意跟我們走？那就太好了！謝謝你！」桃樂絲說。

但奧祖搖著頭，「這個欄柵沒有門，我們可以翻出去，但牠的身體構造，根本爬不了欄柵，怎麼出去？」

大家正想著辦法的時候，玻璃貓記起：「你不是說自己的眼睛能噴火嗎？」

烏茲點了點頭，「對，在憤怒的時候。」

這時拼布姑娘突然冷笑：「哈哈，竟然說自己的眼睛能噴火，傻瓜才會信呢！你這個吹牛大王，說不定根本就不是烏茲，只是想騙麵包吃的饞嘴怪而已。我們走吧，別理牠！」說著轉身準備翻

過欄柵離開。

只見烏茲又急又怒，滿面通紅，雙眼更開始冒煙，忍不住吼叫了一聲：「是真的！」

隨著這聲吼叫，烏茲雙眼真的噴出了火，火柱直射向欄柵，使整個欄柵燃燒起來。

當桃樂絲和奧祖驚慌不已的時候，拼布姑娘卻歡呼了一聲：「成功了！」

桃樂絲很驚訝，「拼布姑娘，你是故意激怒牠，使牠噴火把欄柵燒了的嗎？」

拼布姑娘笑著默認。

「可是這樣會造成森林大火！我們沒命了！」奧祖絕望得大哭。

「不用怕！」拼布姑娘胸有成竹，從那個籃子裡快速找出一道魔符，然後等到欄柵差不多燒

沒了，火勢正蔓延開去之際，她唸出魔符上的符咒：「GALIDABOHEE！」同時將魔符丟進火裡。

　　當魔符被完全燒成灰，熊熊烈火亦瞬間熄滅了，大家看得嘖嘖稱奇。

稻草人容光煥發

製作解藥所需的五種材料，如今終於找到了其中一種，就是烏茲尾巴上的三根毛，而且冒險團隊亦增添了烏茲這一員。

他們繼續跟著桃樂絲，沿黃磚路去翡翠城。

一路上，大家都細心觀察兩旁的植物，尋找六片葉的三葉草。

拼布姑娘忽然看到了什麼，情不自禁地跑上前去，「好漂亮的樹啊！」

原來她發現了一些很奇特的樹，大家也好奇地走過去看個究竟。

走近一看，奧祖先開口：「這根本不是樹，只是一些古古怪怪的植物而已。」

這些植物其實是一簇簇寬大的葉片，長得很高，比拼布娃娃足足高出兩個頭有多。

玻璃貓望著這些植物，不屑道：「哪裡漂亮了？又不是水晶做的！」

這些植物生長在道路兩旁，每一株都長著十多片大寬葉，縱使沒有風，這些葉卻不停地搖曳著。

拼布姑娘正看得入神之際，她頭頂上的巨大樹葉突然彎下來，像猛獸捕食獵物一樣，以迅雷不及掩耳的速度，瞬間把拼布姑娘整個包住。

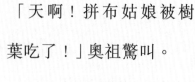

「天啊！拼布姑娘被樹葉吃了！」奧祖驚叫。

其他人還來不及反

應，另一片葉子已經彎了下來，將玻璃貓捲起，嚴嚴實實地裹住。

烏茲登時大喊：「它們愛吃動物，就像我以前愛吃蜜蜂一樣，快跑啊！」

可是已經太遲了，烏茲轉身逃跑的時候，一片葉子橫伸過來，將牠擋住，並捲起來。

「對不起，我的霉氣又害到大家了。」奧祖很自責，手足無措地呆站著，自然也成為了那些葉子的點心。

「奧祖！」桃樂絲驚駭不已，想去把葉子掰開，救出同伴，但是葉子的力量很大，捲得很緊。

　　她感到無能為力之際，幾片大葉子已經從不同方向包抄過來，其中一片把桃樂絲也裹住了。

　　所有成員全軍覆沒，四周回復平靜，就像什麼事也沒有發生過一樣，那些巨大的葉子又繼續那樣搖曳著。

　　桃樂絲只覺眼前漆黑一片，身體不由自主地隨著葉子搖曳。

　　「放開我！讓我走！」桃樂絲拚命地掙扎著，可是無論她多努力也徒勞無功，葉子還是緊緊地包住了她，而她的同伴也一樣。

　　桃樂絲感到絕望之際，突然隱約聽到外面有歌聲傳來：「旅途漫長又美好，風景優美多好看，我是偉大的旅行家……」

　　歌聲愈來愈接近，桃樂絲漸漸認得那是邋遢鬼的聲音，驚喜不已，立即大聲呼救：「邋遢鬼！快來救我！我是桃樂絲，我在這裡！在葉子裡！」

重複喊叫了幾遍後，忽然之間，裹住桃樂絲的葉子整片掉了下來，幸好葉子厚，像墊子一樣，桃樂絲沒有受傷。那葉子落在地上之後，便鬆了開來，桃樂絲連忙從葉子裡爬出，隨即看到了一個熟悉的面孔。

「邋遢鬼，真的是你！幸好遇到了你！」桃樂絲激動地擁抱他一下。

「桃樂絲，聽說你去借生命魔粉，借到了嗎？」邋遢鬼問。

一提起生命魔粉，桃樂絲記起了自己的同伴，慌忙道：「先別說這個，我還有幾個同伴，快把他們救出來！」

邋遢鬼手中握著小刀，在桃樂絲的指示下，將裹住她同伴的葉子一一割斷，救出了拼布姑娘、

奧祖、玻璃貓和烏茲，然後匆匆帶著所有人逃離
那些古怪植物的範圍，來到了安全位置，才停下
來歇息著。

　　桃樂絲為他們互相介紹，然後又向邋遢鬼講
解事情的經過，當邋遢鬼知道他們在尋找六片葉
子的三葉草，立時緊張地提醒他們：「採摘這種植
物是違法的！幸好你們還未找到。」

「為什麼採摘六片葉子的三葉草是違法？」奧祖問。

邋遢鬼回答道：「原因我也不理解，但法律明文規定，嚴禁採摘六片葉子的三葉草，我旅遊前已經熟讀了法例，所以很清楚。你們就是出遊前沒有做好準備，所以才會差點被那些食人巨葉吃掉。」

「太沒有道理了！為什麼不准採摘？缺少這種材料，怎麼做解藥救叔叔啊？」奧祖既著急又不忿。

桃樂絲安慰他：「別擔心，奧茲瑪女王是個通情達理的人，我們到了翡翠城，向她講清楚情況，得到她的批准就可以採摘了。」

「你們要去翡翠城嗎？我也剛旅遊完，正要回

去，我們一起走吧。」

邋遢鬼於是和他們一起上路，由於他在旅遊前已做足了準備，所以對路徑十分熟悉，沒花多久就回到翡翠城了。

進入翡翠城後，玻璃貓看到城裡許許多多用名貴翡翠所做的東西，登時眼界大開，嚮往道：「像這樣的城市，才配得起我水晶貓來居住……喂喂，拼布丫頭，你別亂跑亂跳，弄碎了人家的翡翠，你身上的破布可賠不起！烏茲你也是！」

原來拼布姑娘和烏茲對翡翠城的一切感到十分新奇，四處亂轉，遊覽玩樂。

可是不知道什麼原因，奧祖打從進入翡翠城的一刻，就顯得戰戰兢兢，異常緊張。

桃樂絲這次出行的目的，是想借生命魔粉回來，幫稻草人回復活力。所以她一回到翡翠城，就想去看看稻草人的情況，於是對邋遢鬼說：「我先去看看稻草人，你可以幫我帶他們四處遊覽完後，在皇宮裡安頓下來，到時我再和他們一起去見奧茲瑪女王。」

「沒問題。偉大的旅行家，當然同時也是偉大的導遊！」邋遢鬼立刻為眾人介紹翡翠城的特色：「請大家看看這些翡翠建築，據說以前是要戴眼鏡才看到的掩眼法，但奧茲瑪接手統治之後，不少建築物已換上了真翡翠………」

桃樂絲自己則馬上趕去皇宮，經過皇宮外的大花園時，看到了亨利叔叔和艾姆嬸嬸，兩人又在拉著稻草人玩耍。

「稻草人，別整天呆著，來一起比賽吧。」亨利叔叔說。

艾姆嬸嬸也慫恿道：「對啊，誰坐騎尾巴上的絲帶被搶去就輸。」

原來他們在膽小獅、飢餓虎和鋸木馬的尾巴分別綁上了一條絲帶，而這次的比賽是三人各騎著坐騎，去搶對方的絲帶。

但稻草人依然是那副悶悶不樂的樣子。

他們沒留意到桃樂絲，桃樂絲正想開口叫他們時，一個身影卻在她眼前掠過，騎到了膽小獅的背上！

「你們設計這個遊戲很好玩啊！我也要玩！」

原來那是拼布姑娘！她

實在太貪玩，脫離了邋遢鬼的隊伍，到處找好玩的，結果來到桃樂絲這邊湊熱鬧。

本來無精打采的稻草人，一看到了拼布姑娘，便目不轉睛地望著對方。

亨利和艾姆看到有人願意玩這個遊戲，立刻歡迎道：「歡迎加入！」

他們正想騎上飢餓虎和鋸木馬，與拼布姑娘比賽，卻發現有人快一步騎到了飢餓虎的背上，而那人竟然是稻草人！

桃樂絲、亨利和艾姆都驚訝地望著稻草人，因為稻草人此刻的神態跟剛才完全不一樣，變得精神奕奕，容光煥發，他對拼布姑娘說：「我是稻草人，未知姑娘貴姓？」

「我是拼布姑娘，你準備好做我的手下敗將了

嗎？」拼布姑娘俏皮地說。

「希望你輸了不會哭。」稻草人微笑道。

「我從來都沒輸過！」拼布姑娘說著已經策騎著膽小獅，撲向飢餓虎的尾巴。

稻草人反應非常快，連忙騎著飢餓虎閃避，再向對方反擊。

他們兩人比賽起來，互相搶奪對方坐騎尾巴上的絲帶，竟然玩得非常開心，笑聲不斷。桃樂絲與叔叔嬸嬸都看得目瞪口呆。

艾姆嬸嬸終於發現了桃樂絲，便問：「桃樂絲，你回來了？你是不是借到生命魔粉了，剛灑在稻草人的身上？」

桃樂絲搖著頭，「沒有啊，沒借到。」

「那麼稻草人發生了什麼事？」亨利叔叔呆呆地望著愈玩愈興奮的稻草人。

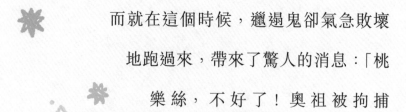

而就在這個時候，邋遢鬼卻氣急敗壞地跑過來，帶來了驚人的消息：「桃樂絲，不好了！奧祖被拘捕了！」

第1章
審判奧祖

　　一向歡欣滿載的翡翠城皇宮，氣氛突然變得十分沉重。

　　桃樂絲匆匆去見奧茲瑪女王，奧茲瑪一看到桃樂絲，高興不已，立即給她一個熱情的擁抱。

　　「桃樂絲，你回來了，我很想念你。」奧茲瑪高興道。

　　「奧茲瑪，我也很想念你。」桃樂絲顯得有點慚愧，「可是，我未能帶生命魔粉回來。」

　　「我聽說了，發生那個意外，實屬不幸，並非你

的過失。只是……沒有生命魔粉，稻草人的抑鬱病不知道該怎麼治。」奧茲瑪擔心起來。

桃樂絲想起剛才稻草人和拼布姑娘比賽的情形，正想告訴奧茲瑪，但就在這個時候，稻草人突然跑了進來！

奧茲瑪有點意外，喊了一聲：「稻——」

可是她只喊了一個字，稻草人就非常緊張地豎起食指放在嘴前，示意千萬不要發出聲音。

大家不知道發生了什麼事，都緊張起來，不敢發出半點聲響。

只見稻草人快速打量了一下四周，然後目光停在奧茲瑪的寶座上，急急跑了過去，伏下來，鑽進寶座底下。

　　他才躲了進去，外面就傳來聲音：「我已經數完一百了，要來捉你咯！」

　　那是拼布姑娘的聲音，她走了進來，神情非常興奮，不斷四處張望，尋找稻草人。

「你們有看到稻草人嗎？他是不是躲進來了？」拼布姑娘問，可是又立刻搖著手說：「還是不要告訴我！我要憑自己既智慧找到他！」

她說著便瞪起一雙火眼金睛，仔細地搜尋。

桃樂絲、奧茲瑪和邋遢鬼都看得目瞪口呆，奧茲瑪呆呆地說：「看來⋯⋯稻草人的事⋯⋯我們已經不用擔心了。」

提到「擔心」，桃樂絲這才記起，現在需要她擔心的人是奧祖，連忙開口問：「奧茲瑪，聽說奧祖被拘捕了，是怎麼一回事？」

奧茲瑪說：「其實你們差不多到達翡翠城的時候，我已經在魔圖上看到了你們，當時我發現那個男孩在城門外鬼鬼祟祟地東張西望，趁著沒有人留意之際，突然俯身從草叢裡摘了一些東西，

藏在口袋裡。」

聽到這裡，桃樂絲瞪大了眼睛，大概猜到奧祖摘了什麼東西。

奧茲瑪繼續說：「所以，你們進入了翡翠城，邋遢鬼帶所有人來皇宮時，我特意吩咐侍衛去查看那個男孩的口袋，結果發現了——」

奧茲瑪說著拍了兩下手掌，一名侍衛便應聲上前來，雙手珍而重之地捧著一株有六片葉子的三葉草。

桃樂絲連忙替奧祖解釋：「他沒有惡意的。相反，是出於善意。因為他的叔叔變成了石像，需要解藥來回復原狀，而製作解藥的材料之一，就是六片葉子的三葉草。他是為了救人，才會採摘了這株草。」

奧茲瑪嚴肅道：「雖然他是出於善意，但始終違反了翡翠城的法律。」

「可是為什麼不能採摘六片葉子的三葉草呢？」桃樂絲問。

奧茲瑪解釋：「因為這是極罕有的植物，在奧茲國內已經瀕臨絕種，而更重要的是，這種植物能製作不少邪惡魔法，所以必須禁止採摘。」

「找到你了！」拼布姑娘突然興奮地大喊一聲，把寶座底下的稻草人揪了出來。

稻草人和拼布姑娘玩得非常開心，但桃樂絲卻憂心忡忡地問奧茲瑪：「那麼……奧祖會受到怎麼樣的懲罰？」

奧茲瑪說：「你不必擔心，明天他會得到公平的審訊，但在審判之前，必須先囚禁在監牢裡。」

第 7 章

一聽到監牢，桃樂絲不由得不擔心，腦海裡已經浮現出一個個可怖的畫面：奧祖被鎖上手銬和腳鐐，遭受著嚴刑拷問……桃樂絲也不得不承認奧祖確實有點倒霉了。

不過，翡翠城的監牢，與桃樂絲所想像的完全不同。那是一個有很多窗戶，陽光十分充沛，種滿了各式盆栽的房間，生機勃勃，完全不像囚禁犯人的地方。

奧祖也沒有被鎖上手銬或腳鐐，一名獄警走到他面前，他才緊張起來，不知道會遭受怎樣的對待。

只見獄警忽然指著一個盆栽，問：「這是什麼植物？」

奧祖呆住，答不上來。

獄警便告訴他：「這是『夢幻花』，它在夜晚綻放，花瓣散發迷人的香氣。你需要在傍晚時給予它適當的水分，但切忌在白天灌溉，以免損害它的生長。明白嗎？」

奧祖點了點頭，頓時覺得自己好像在學校裡上園藝課一樣，此時獄警又指著另一個盆栽問：「這個呢？」

「這個……」奧祖根本不懂。

獄警非常耐心地講解：「這是『風之蕨』，它僅在特定季節生長。為了保護這種蕨類植物，你需要確保它的生長環境非常穩定，不能隨意移動。」

獄警就這樣不斷教育奧祖，認識奧茲國有哪些罕有的植物，該如何保護和照料它們。

到了第二天，審判日來了，奧祖被帶到大殿來，接受審訊。

由於證據確鑿，奧祖也認罪，審訊很快就結束了。

奧茲瑪女王準備判刑之際，桃樂絲十分緊張，不斷為奧祖求情。

奧茲瑪宣判：「奧祖違法採摘六片葉子的三葉草，罪名成立，判處無期——」

聽到這裡，桃樂絲都幾乎昏過去了，以為奧茲瑪要判處奧祖無期徒刑這麼重的刑罰。

但奧茲瑪說的是：「無期種植！」

「無期種植？」桃樂絲十分錯愕，不明白那是什麼意思。

只見奧茲瑪宣判完後，艾姆嬸嬸隨即捧著一個盆栽來到奧祖面前，而盆栽裡所栽種著的，是一株六片葉子的三葉草。

奧茲瑪解釋道：「盆栽裡的，就是被你採摘下來的那株六片葉的三葉草，如今它的生命十分脆弱，所以我判罰你無限期地好好照料它。如果它能活過來，健康成長，並繁殖出許多株新的六葉三葉草來，我就准許你摘取一株來用。」

桃樂絲聽到之後，鬆了一口氣。而奧祖更是

連聲道謝：「感謝女王開恩！」

　　奧茲瑪提醒他：「你繼續上路尋找其他材料的時候，也要帶著這盆栽好好照料啊。」

　　「知道！」奧祖連連點頭。

　　身為旅行家的邋遢鬼，早已為接下來的旅程做好準備。他在奧茲國的地圖上，畫好了冒險路線，標注了哪些地方最有可能是黑暗之井的所在，準備和大家一起去探險。

　　已回復活力的稻草人也嚷著要去，他向拼布姑娘發起挑戰：「黑暗之井的井水、活人身上的一滴油和黃色蝴蝶的左翅膀，看誰最快收集到這些材料。」

　　「那一定是我。」拼布姑娘神氣地說。

　　他們一行人便依照邋遢鬼所編排的路線出發，

小狗托托也跟著主人桃樂絲一起去；稻草人則沿途與拼布姑娘比賽不停，桃樂絲開始擔心稻草人會不會活躍過頭了。

夜深，他們來到了一處陰冷詭秘的森林，陰森恐怖的氣氛令稻草人和拼布姑娘稍為冷靜下來。

桃樂絲、奧祖和邋遢鬼正愁沒有地方過夜休息時，稻草人發現了一個高及他肚臍的大罐頭，馬上說：「你們看，這裡有一個巨型罐頭。」

「我這裡也有！」拼布姑娘也發現了一個。

大家走近一看，正感到奇怪之際，那兩個大罐頭突然「噗」的一聲自動打開，各蹦出一個小丑打扮的人，蹦得很高很高，然後落在地上，在桃樂絲一行人面前大喊：「驚喜！」

所有人都嚇了一大跳。

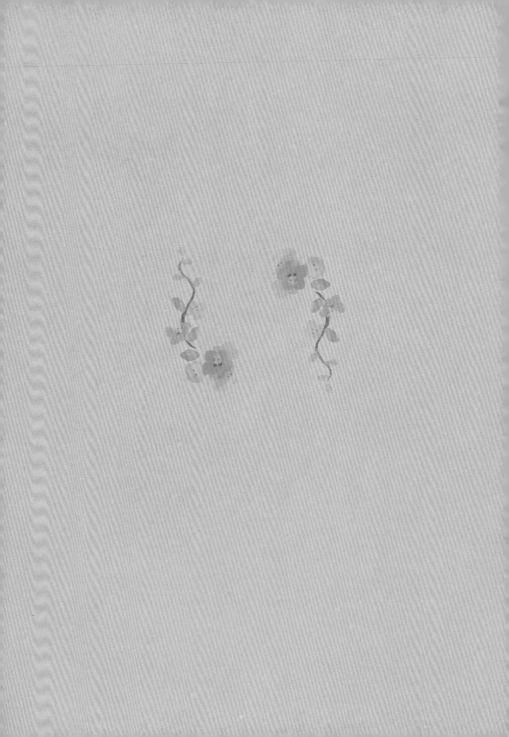

那種巨型罐頭不止兩個，而是有很多個，散布在四周，並且逐一「噗」地一聲打開，每個罐頭裡都有一個小丑打扮的傢伙蹦出來。

他們的身高和那些大罐頭差不多，一個接一個落在地上，至少有二十人，團團包圍住桃樂絲一行人。

在稻草人面前的一個小丑說：「玩遊戲！」

「玩遊戲？」稻草人婉拒道：「我今天和拼布姑娘已經玩得夠多了，再玩的話，我怕我身上的稻草會散開，我想趁著晚上整理一下我——」

稻草人的話還沒說完，幾個小丑已經來到了他的身邊，合力將他抬起，其中一個小丑感到意

外，說：「好輕！」

「對啊！」其他幾個小丑附和，然後他們將稻草人高高地拋起來。

「哇！你們幹什麼？」稻草人在空中大叫。

「玩遊戲！」小丑們高興地嚷著。

稻草人被小丑們拋來拋去之際，又有幾個小丑抬起了拼布姑娘，驚喜道：「這個丫頭也很輕！」

「拋過來！拋過來！」另一邊的小丑喊著。

他們於是也將拼布姑娘拋來拋去。

拼布姑娘喊叫道：「哇！雖然我也愛玩，但你們能不能拋得好一點，我身體裡的棉花都全移位了。」

這時，又有一個小丑指著玻璃貓說：「你們快來看！這裡有一隻玻璃貓，不留心也察覺不到。」

「是啊，我看到了，真有趣！」另一個小丑興奮道。

玻璃貓頓時也成為了他們的目標，大驚失色：「喂喂，你們別亂來！我的身體不能亂拋，會摔碎的！」

　　但小丑們哪裡肯聽，紛紛追著玻璃貓，想拋起它，嚇得玻璃貓倉皇逃避，「哇！別過來！」

　　害怕這群小丑的，還有奧祖，他一邊保護著那個盆栽，一邊逃跑，「這株六葉三葉草一定會被他們弄死了，我真倒霉！」

　　說到倒霉，小狗托托比他倒霉得多，早已被小丑們抓起來，當皮球一樣拋來拋去。

　　「托托！小心啊！」桃樂絲疲於奔命地想去接住牠，可是每次都被小丑快一步接住，繼續亂拋。

　　至於邋遢鬼，他比較重，小丑們拋不動，便不斷撓他的身體，撓得他渾身發癢，小丑們則哈哈大笑。

　　烏茲看到那些小丑不斷惡作劇，忍無可忍，怒喝道：「你們快停下來！別再搗蛋了！」

可是小丑們不但不聽，其中兩個還興奮地跑過來，跳到烏茲的背上，當成蹺蹺板來玩。

烏茲怒不可遏，滿面通紅，雙眼開始冒煙，怒吼了一聲：「快停手！」

牠雙眼噴出火來，射向最接近的一個大罐頭，那大罐頭燒了沒多久，就變成一堆廢鐵了，嚇得小丑們全都僵住。

烏茲深吸一口氣，雙眼好像要再次噴火的時候，小丑們更慌張地匆匆竄逃回家。

桃樂絲一行人這時才發現，原來前方有幾座屋子，因為顏色太深沉，在黑夜中難以察覺，直到剛才小丑們逃回去，大家才看到這些屋子。

桃樂絲走上前去，來到其中一座屋子門前，敲了敲門，「你們給嚇倒了嗎？沒有被燒到吧？」

屋子的門沒有打開，但屋頂上卻翻開了一個天窗，一個小丑探出頭來，埋怨道：「你們就那麼

開不起玩笑？真是一點幽默感都沒有！」

「我們不是沒有幽默感，只是現在太晚了，我們想找個地方休息。」桃樂絲解釋道。

「就是天色晚，才要出來玩！」小丑說。

「為什麼？」桃樂絲與同伴都不明白。

「晚上是最好的遊戲時間，沒有太陽曬，而且在黑暗的環境裡，可以弄很多惡作劇，這麼簡單的道理你們也不懂？」

這時，稻草人和拼布姑娘已經互相幫對方弄均勻身上的稻草和棉花，稻草人對小丑說：「原來你們喜歡晚上出來玩遊戲。」

「難道你們不是？」那小丑很訝異，「你們一行人大晚上仍在外面不睡覺，我們還以為是同道中人，所以才跟你們開玩笑的。」

　　桃樂絲解釋道：「你們誤會了，我們不是特意在黑夜裡出來玩，事實上我們很想睡覺，只是沒找到休息的地方而已。」

　　這時候，邋遢鬼突然想起什麼，問小丑：「你們整個晚上出去玩，屋子不就空下來了嗎？」

　　「是的，所以我們也不敢走得太遠去玩，要看守著屋子。」小丑顯得有點無奈。

　　邋遢鬼隨即靈機一動說：「那麼，晚上把你們的屋子借給我們休息，我們不就可以代你們看守屋子嗎？」

　　「對啊！」小丑突然雀躍起來，「那樣我們就可以放心去遠一點的地方玩了。」

　　那小丑說完，便從天窗縮回到屋子裡去，然後屋子的大門打開，他走出來，把鑰匙交到邋遢

鬼的手上,「那就拜託你了。」

　　接著他吹了一下口哨,其餘幾座屋子的小丑也全部走出來,聽了講解後,也紛紛把屋子的鑰匙交給桃樂絲等人,將屋子借給他們休息。

桃樂絲接過鑰匙，受寵若驚，「你們這樣相信我們？」

可是那些小丑只顧玩，根本沒有注意桃樂絲說什麼，個個頭也不回，推著那些大罐頭賽跑去。

桃樂絲一行人在小丑們的幾間屋子裡休息，稻草人、拼布姑娘和玻璃貓雖然不用睡覺，但也希望享受一下寧靜的時光。

一直到天亮，桃樂絲等人睡足了，醒來精神奕奕。而小丑們亦盡興而歸，個個顯得疲憊不堪，看來昨晚玩得非常盡情，體力透支。

桃樂絲將所有鑰匙交回給他們，屋子完好無缺，雙方互相道謝後，小丑們回到家裡睡覺休息，桃樂絲一行人則繼續上路。

準備離開時，桃樂絲問其中一個小丑：「你們

知道哪裡有黑暗之井嗎？」

「沒聽説過……那東西……可怕嗎？」小丑昏昏欲睡地問。

「黑暗之井，聽起來是有一點點可怕。」桃樂絲説。

小丑便提起一隻手臂，指著不遠處的一座山説：「可怕的東西，去那座山裡找就對了。那邊連我們都不敢去玩。」

他説完已經轉身入屋，一倒地就睡著了。

這時邋遢鬼拿出了地圖，説：「他所指的山頭，和我在地圖上標注的位置不謀而合。」

「那我們快去看看吧！」稻草人和拼布姑娘又開始賽跑了。

他們趕了半天路，終於到達那

座山，沿著山路走，來到了一處裂縫口，裂縫兩邊都是高高的岩壁。

　　大家正想穿過去的時候，發現裂縫口豎立了一個告示牌，嚇得一動也不敢動。

小心尤普

史上捕獲最巨大野人
身長 21 英尺
體重 1640 磅
年齡 400 歲以上
脾氣暴躁、凶狠、貪吃 ──
尤愛吃人肉和橘子醬
生人勿近，嚴禁餵食！

第9章
黑暗之井

看到那個嚇人的告示，奧祖立刻掉頭就跑：「這裡面有巨人，我們繞路走吧！」

但桃樂絲拉住他，「怎麼繞路？我們就是要在這山中找黑暗之井啊。」

「沒錯，這說不定又是那些小丑給我們的惡作劇，根本就沒有什麼巨人，尤普這個名字，一聽就知道是胡亂起的。」蹶邊鬼說。

可是，山縫裡立刻傳來聲音：「誰批評我的名字？」

他們還聽到巨人大力搖晃著鐵欄杆的聲音，巨人接著說：「我聞到晚

餐的味道了。雖然聞不到橘子醬，但我聞到有不少人肉。呵呵……」

「真的有巨人！」奧祖給那些聲音嚇破了膽。

拼布姑娘卻一點也不怕，說：「我們根本不用怕。你們沒聽到他搖欄杆的聲音嗎？而且告示上也說了，他是被捕獲的，當然是囚禁著。」

「但山縫這麼狹窄，他一伸手出來，就可以碰到我們，把我撞碎了怎麼辦？」玻璃貓也有點擔心。

這時稻草人卻挺身而出，低聲說：「由我來掩護你們吧，當我引開了巨人的注意力時，你們要儘快穿過去！」

　　其他人還來不及勸止，稻草人已經自告奮勇衝進山縫去了。

　　巨人尤普果然雙手伸出欄杆來，要抓住稻草人，稻草人左閃右避，並向桃樂絲他們大喊一聲：「快啊！」

　　他們也不敢猶豫了，立即一鼓作氣地奔跑，在山縫中穿過去。

　　巨人尤普看到一件件「美食」在眼前走過，口水直流，想伸手去抓住他們。但稻草人不惜犧牲自己，奮力擋住了尤普的巨爪。

　　尤普一手抓住了稻草人，指縫間響起了「咯吱」一聲，他立即意識到自己抓住的是稻草，根本不能吃，

怒吼道：「原來你的身體是稻草做的！我最討厭吃草了！」

尤普嫌棄地將稻草人一手扔開，準備抓其他人肉來吃，可惜為時已晚，所有人都已經成功穿過了那道山縫，連稻草人也跟著離去了。尤普只能怒喊一聲：「可惡！」

「稻草人，你真威風，而且很勇敢！」拼布姑娘用欣賞的眼神望著他，稻草人高興不已。

穿過山縫後，是一個小小的峽谷，沿著峽谷走，他們發現了一個石洞，看上去像是地道的入口。

邋遢鬼說：「如果這裡面有井的話，不就是名正言順的黑暗之井嗎？」

大家都覺得很有道理，於是立即走進去看看。

那是一條地道，兩旁都掛滿了火把，顯然地洞內是有人居住的，那麼，有井水存在的機會又

大大提高。

他們一直沿著地道走，很快就來到了一個空間很大的地洞，正想踏進去時，卻見地洞內石頭橫飛，有些從左至右，有些從右至左，而且殺聲震天，似是一場戰爭。

「進攻！」

「突襲！」

「加快投擲！」

桃樂絲一行人站在地道口，不敢走進洞內。奧祖抱著那盆栽，害怕地說：「我不會倒霉成這樣吧？在地道裡也能遇上戰爭？」

這時候，一個只有一條腿的人，彈跳著來到他們面前，手中拿著石矛，指住他們質問：「你們是誰？是來幫我們跳跳國的，還是他們犄角國的

援軍？」

「跳跳國？犄角國？」桃樂絲等人聽得一頭霧水。

這個獨腳人，並非斷了一條腿，而是天生只有一條腿在正中，顯然是特別的人種，他說：「你們連戰爭雙方的背景都還沒弄清楚，就想來插手了？真是好管閒事！」

桃樂絲連忙解釋：「你誤會了，我們來找一樣東西，並不是來參戰的，請問你們什麼時候會停戰，讓我們通行？」

「停戰？嘿，希望下個月十二號，開戰十周年那天，我們能戰勝犄角國。」

稻草人很訝異，「你們這場戰爭，已經打了十年？」

「對啊。」那個跳跳人說。

拼布姑娘十分好奇，問：「你們是為了什麼而開戰？」

「哼！那些犄角人，說我們跳跳人虛偽！」

「他們為什麼會這樣說？」桃樂絲問。

「他們說我們只有一條腿，所以很虛偽。」

大家都聽得莫名其妙，「可是，一條腿和虛偽有什麼關係？」

「怎麼知道？所以他們分明是歧視我們，我們要反擊！不跟你們說了，我要回到戰場去！」那跳跳人馬上轉身跳回自己的陣地，幫忙投擲石頭。

「怎麼辦？這場戰爭打了十年還沒完，再過十年也不一定會完，我們怎麼前行去找黑暗之井？」奧祖問。

他們不知所措之際，又到犄角人從另一邊走過來，他額頭上有一隻獨角，手中拿著石斧，指住桃樂絲他們質問：「你們是誰？是來幫我們犄角國的，還是他們跳跳國的援軍？」

桃樂絲又解釋：「我們只是來找一樣東西，希

望能繼續前行。」

而稻草人接著問：「請問你們為什麼會說跳跳人虛偽，因而打起來？」

只見那犄角人突然想笑，好不容易才憋住，說：「是他們跳跳人太笨，也太小器了，聽不出那只是個很好笑的笑話。」

「笑話？可以講解一下嗎？」桃樂絲問。

「笑話講得太明白就不好笑了。」那犄角人說。

拼布姑娘隨即道：「我看這個笑話根本是亂編的，所以你們也解釋不來。」

這激將法果然有用，那犄角人著急道：「當然不是亂編的！是我們偉大的搞笑大將軍創作出來，他說，跳跳人只有一條腿，所以很虛偽！」

「到底為什麼？」大家問。

「因為跳跳人都在演戲。」

「演什麼戲？」

「就是——『獨腳戲』啊！哈哈⋯⋯」那犄角人終於忍不住大笑起來。

而桃樂絲他們卻啞口無言，冷僵在原地。

「你們為什麼不笑？」那個犄角人問。

聰明的拼布姑娘說：「因為我們不想笑你們。」

「笑我們？」犄角人大惑不解。

「對啊，同樣的笑話，一樣可以套用在你們身上，你們也很虛偽，因為你們也在演戲。」拼布姑娘說。

「我們哪有演戲？演什麼戲？」

拼布姑娘一字一頓道：「獨角戲！」

那犄角人的臉容僵住了，感到難以置信。

　　而在一塊巨石後面，原來有一名跳跳人一直在偷聽，他立即返回自己的陣地，向同伴解釋犄角人那句話只是個笑話，而且同樣的笑話，也可以拿來回敬犄角人。

　　戰場上立時響起了跳跳人的笑聲：「哈哈哈⋯⋯」

　　犄角人很不滿，怒問：「你們笑什麼？」

　　「你們在演『獨角戲』！」

　　「你們也在演『獨腳戲』！」

　　「不准再笑我們！」

　　「你也不准笑我們！」

　　「好，我們和談，雙方以後都不准講這個笑話！」

　　「好，一言為定！」

　　雙方首領握手言和，持續近十年的戰爭就這樣給化解了，真令人哭笑不得。

　　桃樂絲一行人終於可以走進山洞，邋邊鬼立即問跳跳人：「你們這裡有沒有一個黑暗之井？」

　　跳跳國首領指著山洞的一角，說：「你說的是這個井吧？它很深很深，內裡很黑很黑，要從井底打水出來，至少要攪動半天，說它是黑暗之井，應該當之無愧。」

　　眾人喜出望外，齊聲歡呼：「終於找到了，一定就是它！」

桃樂絲、邋遢鬼、稻草人、拼布姑娘和奧祖，他們互相接力，花了半天的時間，終於從黑暗之井打水出來，裝進瓶子中。奧祖還用多餘的水來灌溉他的盆栽。

他們收集好井水後，跳跳人帶他們從秘道離開這座山。

一踏出山外，溫暖的陽光輕撫著他們的臉，使人舒服無比。而奧祖的盆栽在陽光的照耀下，開始長出花來，奧祖興奮不已，「你們看！這株草開花了！」

桃樂絲看到了，很替他高興，「真的啊，全靠你的悉心照料，它活過來了，還開了花。」

邋遢鬼也點頭稱許：「不錯啊，相信很快就能多繁殖出幾株來！」

拼布姑娘算了一下，說：「如今解藥材料就只欠活人身體上的一滴油，和黃色蝴蝶的左翅膀了。」

「你們人類身上為什麼會有油？我身上可一點油也沒有。」玻璃貓走路時，故意在陽光下擺出各種姿勢，閃閃生輝。

邋遢鬼也感到疑惑，「人的皮膚雖然有油脂，但也不至於能流出一滴那麼多吧。」

大家苦無頭緒之際，稻草人突然想起來：「我知道有一個人，他身上有許多許多的油！」

「是誰？」大家著急地問。

「鐵皮人啊！」稻草人說：「他全身的關節不

是都抹了潤滑油嗎？向他借一滴就行！」

「對啊！你真聰明！」桃樂絲讚揚他。

拼布姑娘卻問：「鐵皮人是誰？」

稻草人便向她講解：「鐵皮人是我們的朋友，如今在溫基國當國王。」

桃樂絲還立時想到：「剛好溫基國的代表顏色是黃色，要找黃色的蝴蝶也不難！」

「那還等什麼？我們快去溫基國！」邋遢鬼拿出他的地圖，開始帶路。

稻草人是溫基國的常客，經常去探望好朋友鐵皮人，所以當大家趕了大半天路，在路邊看到愈來愈多的金盞花和黃色的蒲公英時，稻草人便歡呼道：「我們已經來到溫基國了！鐵皮人的城堡就在南邊，我帶你們去！」

溫基國盛產鐵皮，溫基人更是手藝最好的鐵皮工匠。所以，城堡從地板到天花全是鐵皮，庭院裡的雕像、長椅、亭子等等都是鐵皮做的。

小狗托托對這裡也很熟路，汪汪地叫著，直奔進大廳，看到了正在讓工匠為自己抹潤滑油的鐵皮人。

「噢！你們怎麼會來了？」鐵皮人一見到桃樂絲和稻草人他們，十分高興，「可是我身上剛抹了許多潤滑油，暫時不能和你們擁抱了。」

「我們正是為了你身上的潤滑油而來的。」稻草人笑道。

鐵皮人很詫異，桃樂絲便向他解釋事情的經過，他聽了之後，點著頭說：「我明白了，沒問題，我身上的油多的是，給你們一滴吧。」

　　鐵皮人的手肘剛好有過量的潤滑油，滴了下來，桃樂絲連忙用瓶子接住，然後興奮地對奧祖說：「材料差不多集齊了，只欠黃色蝴蝶的左翅膀！」

　　但鐵皮人立即說：「我不會容許你們在溫基國收集這種材料！」

　　「為什麼？」奧祖驚詫地問。

　　「難道我會允許你們活生生地扯下蝴蝶的翅膀嗎？」

　　鐵皮人這麼一說，大家才如夢初醒，桃樂絲一臉慚愧道：「我們竟然沒想到這一點：收集這材料，就無可避免要殘害蝴蝶，甚至損害牠的生命……」

　　這時奧祖的盆栽已經開滿了花，而且還開始長出新的六葉三葉草來。幾隻黃色的蝴蝶正在花兒上飛舞，可是誰會忍心折去蝴蝶的一邊翅膀？

　　大家都垂頭喪氣，好不容易集齊了其他材料，才發現最後一項根本不能收集，只好等待六年，

等到皮皮博士又製成了新的生命魔粉，納奇和瑪格麗特兩個石人才有望回復原狀。

眾人萬念俱灰之際，奧祖突然發現在盆栽上飛舞的蝴蝶群中，有一隻「異類」！

「你們看！這隻蝴蝶竟然是半邊黃色，半邊紅色的！」奧祖驚訝道。

大家紛紛看過來，嘖嘖稱奇，「真的啊，左邊的翅膀是紅色，右邊卻是黃色！」

眾人大感奇怪，桃樂絲卻突然想起了什麼，連忙走到那蝴蝶面前問：「請問蝴蝶小姐，你家裡一共有多少翅膀？」

那蝴蝶認真地數了一數：「紅、黃、藍、綠、紫……數不清多少顏色了，每種顏色都有一雙。」

桃樂絲很高興，「我料得不錯，你果然像我以

前遇過的那位朗威德公主，她有三十個頭用作替換呢！」

「我去不同的地方，就要配上不同的顏色，例如去奎德林國，我就換上紅色翅膀；來溫基國時，就換上黃色。但最近因為在這兩個地方往來太頻繁了，我便乾脆半紅半黃，沒想到效果非常好，很多人讚我漂亮。」那蝴蝶沾沾自喜道。

「那麼，你可不可以把你已換下來的黃色左翅膀送給我們？我們要用它來救人。」桃樂絲懇求道。

「當然可以。」那蝴蝶十分爽快。

「太好了！」大家都齊聲歡呼。

可是蝴蝶接著說：「如果你們能找到的話。」

「什麼意思？」

「我那黃色的左翅膀早兩天丟失了，如果你們能找到的話，就送給你們吧。我不和你們說了，我要到奎德林國約會去。再見。」

蝴蝶飛走，但小狗托托突然向牠跳起，嚇得蝴蝶以為小狗想咬牠，匆匆拍翅逃去。其實托托只是想伸長鼻子，嗅一嗅蝴蝶翅膀的氣味。

托托聞了一下之後，便開始在地上嗅來嗅去。

「托托，你在搜索那丟失了的黃色左翅膀嗎？加油啊！」桃樂絲為牠打氣。

托托好像嗅到了一些端倪，突然朝一個方向疾跑過去，最後來到城堡後花園的一棵大樹下，用前爪撥開了地上一塊樹葉，那黃色左翅膀原來就在樹葉下面。

「真的找到了！」桃樂絲興奮地跑過去，把那半邊黃色翅膀撿了起來。卻在這個時候，忽然感到一陣天旋地轉，倒在地上。

當桃樂絲再爬起來時，發現倒地的人不止她一個，奧祖、邋遢鬼、稻草人等等都同樣倒地，正在爬起。而他們身處的地方也不同了，從溫基

國的城堡，來到了翡翠城的皇宮。

桃樂絲還看到了奧茲瑪女王與那幅魔圖，便恍然大悟，知道是奧茲瑪從魔圖看到了他們，用魔法把他們所有人變回到翡翠城來。

「恭喜你們成功集齊了所有材料。」奧茲瑪說：「而皮皮博士和兩座石像亦已經給我用魔法接到皇宮來了。」

皮皮博士果然出現在他們面前，著急道：「你們快把材料交給我。」

奧祖於是從盆栽裡摘了一株六片葉子的三葉草，連同黑暗之井的井水和鐵皮人身上的一滴潤滑油，交給了皮皮博士。

而桃樂絲亦將手中的

黃色左翅膀交給他，然後說：「烏茲我們找到了，可是不知道怎麼把牠尾巴尖上的三根毛拔出來。」

皮皮博士說：「不要緊，讓我來處理。」

皮皮博士接過那四種材料，立刻開始製作魔法解藥，花了六個小時便做好了。然後，他請烏茲用尾巴上的三根毛，沾了解藥，潑到兩座石像去。

那魔法解藥果然奏效，納奇和瑪格麗特迅即回復了原狀。

「瑪格麗特，你終於回復過來了！」皮皮博士激動地與妻子擁抱。

「納奇叔叔，你沒事了，真好！」奧祖也緊抱著他的叔叔。

瑪格麗特問丈夫：「我們的拼布娃娃呢？她怎麼樣？家務做得勤快嗎？」

皮皮博士向拼布姑娘看過去，只見她正在和稻草人追逐玩耍，苦笑道：「看來，她和玻璃貓一樣，是不會幫我們做家務的了。」

而奧祖很快又感到沮喪，說：「納奇叔叔，我們以後怎麼辦？生命魔粉和石化魔水都借不到，我們要回去那個被暴風吹得東歪西倒的木房子嗎？」

納奇叔叔也感到無可奈何之際，奧茲瑪向他們宣布：「奧祖，你培植六片葉的三葉草有功，如果你們願意的話，我將賜予你們一座大宅，在翡翠城定居，為我照料各種稀有植物。」

「真的？」奧祖大喜過望。倒霉鬼奧祖已然變成幸

運兒奧祖了！

　　至於稻草人，他也不需要生命魔粉了，自從認識拼布姑娘後，不但心情開朗，還有點活躍過頭呢！

END

下期預告

8

女王失蹤記

　　奧茲瑪女王失蹤了，所有魔法道具亦遭神秘盜賊偷去。桃樂絲與一眾夥伴立即組成搜索隊，誓要揪出偷竊魔法道具的元兇，並救出奧茲瑪女王。

2024 年冬季出版

童話夢工場

角色圖鑑：一切的解答

CHARACTERS'
BOOK
OF
ANSWERS

這一次，Fans 不可能不收藏吧！
橫跨年齡、接通心靈，與內在對話之書──
一次過回味過往的故事，
最豪華的收藏，滿滿的回憶殺！！！

華麗硬皮精裝　匯聚所有的愛

童話夢工場 300 ＋ 角色無一遺漏全紀錄，
包括：公主們、王子們、男女主角、配角、
刁角、動物角色、精靈仙子以至無名角色！

展示畫家貓十字歷年來為角色創作的
不同造型、服飾等設定，細節部分歎為觀止。

收錄精美彩圖，如同畫冊。

不僅是一本齊全的角色圖鑑，
還通過角色傳遞生活智慧。

100 ＋ 中英對照金句，只須翻到其中一頁，
即可以得到靈感或指引，
讓讀者探索心靈、啟發成長！

恆 久 珍 藏

2024書展搶先出版

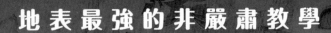

期待度最高的
第二季！

再度攜手寫下
大學篇精采故事～ ♥

原班創作人馬

—— 作者 ——　　　—— 插畫 ——
卡特 ✕ 魂魂SOUL

回應你們
的念記和呼喚

推理七公主Ⅱ

載譽歸來！

消息一出——

Hazel Ng　OMG! YES!

Lam Keira　最愛小綾！！！啊啊啊啊啊啊
期待了很久終於出第二季！！！

Wing Cheung　好期待呀！

Karine　恭喜出第二季！YEAH！

Keaixianonaliao　紫語短髮新造型好好睇！

念念不忘　　必有迴響
——2024年7月書展——
七個美少女再度登場

綠野仙蹤 奇幻物語

6 稻草人與拼布姑娘

原著 法蘭克‧鮑姆（1856-1919）

改編 耿啟文

繪畫 Knoa Chung

策劃 余兒

編輯 小尾

設計 Zaku Choi

校對 Eva Lam

出版 創造館 CREATION CABIN LIMITED
荃灣美環街 1 號時貿中心 604 室

電話 3158 0918

聯絡 creationcabinhk@gmail.com

發行 泛華發行代理有限公司
將軍澳工業邨駿昌街七號二樓

印刷 高科技印刷集團有限公司

出版日期 2024 年 7 月

ISBN 978-988-70525-4-8

定價 $78

出版　　　　　　　　　　製作

創造館
CREATION CABIN

本故事之所有內容及人物純屬虛構，
如有雷同，實屬巧合。